吟遊詩人マルティン・コダックス

7つのカンティーガス

Takekazu Asaka
浅香武和
［編著］

論創社

ビンデル写本　Pergamiño Vindel, M979　Pierpont Morgan Library, Nova York
ピアポント・モルガン図書館蔵

Ondas do mar de Vigo,
se vistes meu amigo?
E, ai Deus!, se verrá cedo?

Ondas do mar levado,
se vistes meu amado?
E, ai Deus!, se verrá cedo?

Se vistes meu amigo,
o por que eu sospiro?
E, ai Deus!, se verrá cedo?

Se vistes meu amado,
por que hei gran coidado?
E, ai Deus!, se verrá cedo?

MARTIN CODAX

Y. Ishi

Cantigas de amigo I　石下裕子作

LIMIAR

Sete poemas de amor escritos en galego do século XIII traducidos ó xaponés do século XXI

Xesús Alonso Montero

Trátase das sete cantigas de Martín Codax, textos que chegaron a nós coa música orixinal, música que coñecemos desde 1914 (o códice que nola transmitiu, chamado Pergamiño Vindel, non reproduce a partitura da cantiga VI). Do autor, Martín Codax, nada sabemos. A cidade de Vigo, onde existe unha rúa co seu nome e un monumento, ademais doutras referencias, gábase de ser o seu berce. Porén, non hai documentos que o avalen. Vigo, de tódolos xeitos, aparece xa no primeiro verso da primeira cantiga en boca da protagonista, unha mociña namorada que pregunta polo seu amado:

Ondas do mar de Vigo,
se vistes meu amigo?

Na segunda cantiga, a mesma namorada ("amiga", no romance galego medieval) menciona Vigo seis veces, tantas como estrofas contén o poema:

Mandado hei comigo
ca vén meu amigo.

E irei, madre, a Vigo!

Tamén se menciona, reiterativamente, no resto das cantigas, agás na VII, a última.

Estas sete cantigas non son sete illas desvencelladas entre si: hai entre elas íntimas relacións. De feito, o Cancioneiriño de Martín Codax é un macrotexto que nos convida a lelo como unha noveliña de amor protagonizada por unha "amiga" (amada, namorada) que, desde a primeira cantiga, anda á procura do "amigo" (namorado) que non atopa, que non vén, que está lonxe... mentres ela sofre e, mesmo, se desespera, tanto que é capaz, xa na primeira composición, de preguntar polo amado ás

Ondas do mar de Vigo
se vistes meu amigo?

Virán despois vicisitudes varias pero no final (cantiga VII) a mociña namorada e desesperada volve preguntar, como na prosopopea da cantiga I, ó mar:

Ai ondas que eu vin veer!
se me saberedes dizer
por que tarda meu amigo
sen min?

Pertencen estas cancións ó xénero das cantigas de amigo, definidas na época como composicións postas en boca dunha muller (dunha muller nova, namorada, que sofre porque o seu amado, o seu amigo, está ausente). No caso do Cancioneiriño de Martín Codax estamos ante unha noveliña de amor, noveliña dramática, pois dramáticos son os momentos que vive esa namorada que, no seu desespero, ata interpela ás ondas do mar na procura de noticias sobre o paradoiro do amado do que cabe sospeitar que xa non é amante. De aí, tamén, o dramatismo desta noveliña en verso do século XIII.

En Galicia, aínda hoxe este heptaedro poético conmove o corazón dos lectores esixentes. Non sei se no Xapón, nunha cultura tan distinta, o corazón dos lectores latexará coa mesma intensidade. En calquera caso, cónstame que a versión xaponesa do profesor Takekazu Asaka está feita co rigor dos vellos filólogos e coa destreza de quen coñece moi ben o galego de hoxe, que difire, en moi pouco, do galego de Martín Codax. Sabido é que o profesor Asaka é unha autoridade, en Xapón, a máxima, como estudoso da lingua e da literatura galegas; tamén é o máis solvente tradutor do galego ó xaponés, e aí están algúns dos nosos autores, entre eles, Rosalía de Castro e Ramón Cabanillas por el traducidos, que o proban.

O profesor Takekazu Asaka hai tempo que é o embaixador das nosas Letras no Xapón, moi coñecido, sobre todo, no ámbito universitario. Agora, da súa man, canta en xaponés un poeta galego do século XIII que é, en Occidente, un clásico da poesía amorosa.

Catedrático emérito da Universidade de Santiago de Compostela
e Presidente da Real Academia Galega

Vigo, outono do 2014

巻頭言

13世紀のガリシア語によって書かれた7つの恋の歌が
21世紀に日本語になる

シェスース・アロンソ・モンテーロ

本書は、1914年に発見された原曲を伴うテキスト、マルティン・コダックスの7つのカンティーガス（古謡）です。（我々に伝えられた写本は、ビンデル写本と呼ばれ7つの詩のうち第6番は楽譜が欠落しています）。作者については、マルティン・コダックス以外何も知られていません。ビーゴの街には、詩人の名前を冠した通りとモニュメントがあり、揺籃の地を顕彰しています。しかし、それを証明する史料は存在しません。いずれにせよ、詩の主人公は恋する人を訊ねる一人の乙女であり、その乙女の口にはカンティーガ第1番の最初2行が次のように謳われています。

ビーゴ海の浪よ、
貴方は我が愛する人にお会いになりましたか？

第2番には、同じ恋する乙女（中世ガリシアの抒情詩では“アミーガ”）は、6回もビーゴを言及し、詩のなかには次のように現れています。

文が私に届きました。
我が愛する人は戻ると。
ああ　母上、私はビーゴに参ります。

同様に、最後の第7番を除いて、カンティーガスの他のところにも繰り返し現れています。

この7つのカンティーガスは、つまり7つの島が互いに結びついていて、それらの間には親密な関係があります。事実、マルティン・コダックスの歌は、一人の“アミーガ”（アマーダ、ナモラーダ）が主役となり、恋の短編小説を我々に読ませることを誘う巨大な作品です。第1番の詩から、行方が分からず帰って来ない人“アミーゴ”（ナモラード・愛する人）を捜し求めています。最初の詩にみるように、彼女があまりにも苦しみ、そしてあまりにも失望して、恋する人を浪に訊ねます。

　　ビーゴ海の浪よ、
　　貴方は我が愛する人にお会いになりましたか？

その後、さまざまな移り変わりがありますが、最後には（第7番）恋するそして失望する乙女は、第1番の擬人法として再び浪に訊ねます。

　　ああ　浪よ　私は貴方に会いに参りました！
　　さあ　私に応えてください、
　　なぜ　我が愛する人はすぐに帰らないのですか、
　　私のもとに。

この歌はカンティーガス・デ・アミーゴのジャンルに属し、当時の女性の口から発した作品として認められています。（恋する若い女性は、彼女の恋する人そして愛する人が不明であることを嘆きます）。マルティン・コダックスの歌の場合、我々は恋愛小説をドラマチックな小説と考えます。すなわち、ドラマチックとはその恋する乙女が生きている瞬間であり、彼女の失望感には、もはや恋する人はいないのではないのかと思い、恋する人の所在についての情報を求めるために海の浪に委ねます。こうして、この短編小説のドラマ性は13世紀の詩のなかに現れます。

ガリシアにおいて、今日でもなおこの詩的七面性は現在の読者の心を揺さぶります。あまりにも文化の異なる日本では、読者の心は同じように激しく感動して脈打つかどうかわかりませんが、いずれにしても、今日のガリシア語に精通する浅香武和教授はマルティン・コダックスの中世ガリシア語の詩を翻訳されました。コダックスのガリシア語の詩は、現代ガリシア語とは幾分異なりますが、日本語訳は老巧な文献学者たちの考えに則り正確かつ巧みに成し遂げられました。浅香教授は日本におけるガリシア語の大家であり、さらにガリシア語とガリシア文学の研究者として知られています。また、ガリシア語から日本語への最も有能な翻訳家でもあり、ロサリーア・デ・カストロやラモーン・カバニージャスのガリシア文学の作品も彼によって翻訳されています。

浅香武和教授は以前から日本におけるガリシア文学の友好大使であり、とくに、大学界ではよく知られています。ここに、浅香氏の手で西洋の愛の詩の古典、13世紀のガリシア語の詩が日本語に歌い上げられました。

サンティアゴ・デ・コンポステーラ大学名誉教授
レアル・アカデミア・ガレーガ（ガリシア翰林院長）
ビーゴ、2014年秋

A Táboa 目次

はじめに

吟遊詩人マルティン・コダックスとは

イベリア半島北西部に存在したガリシア王国ビーゴ村サン・マルティン・デ・コイア出身の清貧な吟遊詩人（オ・ウミルデ・ショグラールo humilde xograr）と称され、1250年頃から75年頃に活躍したとされる。詩人の作品はイタリア人写字生により集成された『バチカン歌集』と『リスボン国立図書館歌集』に収められている。楽譜を伴った「ビンデル写本」が発見されてから音楽的な研究も進み世界に知られるようになった。その詩はカンティーガス・デ・アミーゴ（Cantigas de amigo）に分類され、作者は男性だが、女性が男性に贈る７つの恋歌がある。

本書は、口絵にカリグラファー石下裕子制作のガリシア字体を用いたCantigas de amigo Iを入れ芸術性を高め、また杉本ゆり指揮編曲により日本で初めてマルティン・コダックス「７つのカンティーガス」全曲を収録したＣＤを添付した。1250年から765年後の今日、中世の詩人が女性に真ねて女性から男性に贈る恋歌を日本人のソプラノ歌手によるガリシア語で歌う作品を味わっていただければ幸いです。

出版にあたり、論創社編集部松永裕衣子さんにお世話になりました。ここに皆様にお礼申し上げます。

2015年　東京にて　浅香武和

第１章

ビンデル写本発見顛末記

1913年の暮れ、スペインのマドリードに住む古書店主ペドロ・ビンデル（1865-1914）は、入手したばかりの14世紀の写本にざっと目を通していた。それは、キケロの『義務について』であり、それほど新奇なテキストの手稿ではなかった。その巻は、他の巻と同じように後に製本されたもので、羊皮紙に裏打ちされていた。店主は15世紀から18世紀にかけては、写本に裏打ちするために中世の羊皮紙が頻繁に使われたという事実をよく知っていて、好奇心から製本された巻を慎重に解体することに決め、内側に何か書かれたものがあるか確かめることにした。製本された巻を注意深く解き、それを開くと彩色をほどこした大文字が現れ彼は驚嘆した。その裏打ちされた一葉は35×45㎝のサイズで、五線譜にきちんとした丸ゴシック文字を使いガリシア語で恋歌が７つ記され、７つの歌のうち６つはそれぞれの詩に該当する音符がつけられていた。左側上部の隅には、朱文字で記した作者の名前martin codaxとはっきり読める。ビンデルは特に使われている文字の型を13世紀末か14世紀初頭に認（したた）められた写本であると咄嗟に思い、それは稀代の発見かもしれないと密かに念じた。

こうした発見ではあったが、彼にはガリシア・ポルトガル文学に関する知識は持ち合わせていなかったので、その内容は理解できなかった。その時、マドリードにいたガリシアのポンテベドラ出身で博識のビークトル・サイ・アルメスト（1871-1914）に解読を依頼した。アルメスト氏はマドリードセントラル大学に開設されたばかりのガリシア・ポルトガル文学の教授として着任したばかりであった。アルメスト教授は事情がよくのみこめず、ビンデルの申し出を受け入れ、高鳴る感動を抑えながら写本の解読に取り掛かった。するとビンデルの発見は極めて重要なものであることを教授は認めた。

当時、ガリシア・ポルトガル語の抒情詩としては三種類の歌集が知られていた。一つはポルトガルで保存されている『アジュダ歌集』、残り二つはイタリアにある『バチカン歌集』と『コロッチ・ブランクッティ歌集』(現在は、ポルトガルのリスボンにある『リスボン国立図書館歌集』として知られている)。これらの歌集は比較的分厚いもので、アジュダ写本が310の作品から成り、コロッチ・ブランクッティ写本は約1500の作品から構成されている。コロッチ・ブランクッティ写本はほぼ完全なもので、12世紀末から14世紀中葉に活躍したガリシアとポルトガルの吟遊詩人150名を収録している。マルティン・コダックスの7つの恋歌もこれらの歌集に掲載されているが、楽譜は含まれてない。古書店主が発見した写本は、ペルガミーニョ・ビンデル(Pergamiño Vindel)と名付けられ、コダックスの7つの詩(ただしVI番を除く)にそれぞれ楽譜がつけられていることは、その価値を大いに高めている。ガリシア・ポルトガル派の抒情詩の作品集は、歌(cancións, cántigas)が含まれていることから歌集(cancioneiros)と呼ばれている。吟遊詩人たちは、現代の感覚でいう詩を創るという意味の単なる詩人だけではなく、作曲もする音楽家であった。

（Víctor Said Armesto, Museo do Pobo Galego蔵）

教授が古書店主に言うことには、アフォンソ10世賢王がガリシア語で1275年頃に制作するように命じた『聖母マリア頌歌集（カンティーガス・デ・サンタマリア）』の美しい写本にはメロディーが伴い保存されていることから、「ビンデル写本」はガリシア・ポルトガル語の抒情詩の音楽に相違ないであろうという結論に至った。しかし、『聖母マリア頌歌集』は宗教的な抒情詩であり、一方、「ビンデル写本」はそれとは異なり世俗的な抒情詩であった。『アジュダ歌集』の写本は、カスティーリャの豪華な宮廷かガリシアのどこかの貴族の館で13世紀終わりか14世紀初めに編纂されたものであった。この意味で、ビンデルが発見した写本は言語的な観点からその時代に制作されたという考えに達した。『アジュダ歌集』は男の恋歌を集めたもので、女の恋歌は『バチカン歌集』と『コロッチ・ブランクッティ歌集』の２つに集められイタリア人の写字生によって後世に残された。こうして「ビンデル写本」はガリシア・ポルトガル文学において最古のものと検証され、作者のコダックスは正に現代の評論家にも称賛される女の恋歌を７つ書き上げたわけである。

ビークトル・サアイ・アルメスト教授は、検証結果をペドロ・ビンデルに示しながら次のような結論をだした。ガリシア・ポルトガル語の抒情詩と姉妹関係にあるオクシタン文学においては比較できないほどさらに豊かな写本の伝統が存在するが、「ビンデル写本」に相似するものはひとつもない。当時、ドイツの著名な学者グスタフ・グリョーバーにより作り上げられた仮説を専門家たちはすでに認めていた。彼によると、ガリシア・ポルトガル語と同様にオック語においてもトルバドゥールの抒情詩の写本は、伝達の過程において初期段階に文字とトルバドゥールの歌を伴った巻き物か一枚物の表装した作品が存在していた。パトロンたちは彩色を施した文字の色から詩を学び歌うよう吟遊詩人たちに作詞を依頼したようである。このような仮説に同意し、古書収集家ビンデルは発見した写本を出版する企てをたてた。

こうして、写本の重要性に気付いたペドロ・ビンデルは、D. L. D'Orvenipeというペンネームでアルメスト教授の協力を得て、とり急ぎ事実を知らせるために、1914年2月『スペイン美術誌』第3号にグラビア製版により第I番と第V番の歌を図解入りで掲載した。正にビンデルは世紀の大発見に誇らしげであった。さらに買い手を見つけるために、書店主はその年末に写本の全体をファクシミリ版で公刊することに決め、そのタイトルを『7つの恋歌、13世紀の楽譜付の詩』(1915)とした。ビンデル自身が発行したこの復刻版は限定本で好事家に贈られ、販売したのは僅か10部だけであった。好事家のなかでもガリシア人とポルトガル人研究者は興奮して復刻本を受け取った。そのうちの一人、ポルトガルの言語学者カロリーナ・ミカエリス・ヴァスコンセロスは、すぐさま『スペイン文献学誌』(1915)に、この写本についての評価研究を発表した。それはマドリードの書店主の称賛を一部訂正する古文書学的観点に基づくものであった。例えば、五線譜の行間スペースにある文字の大きさの違いについて。第Ⅶ番の最後の詩はⅠ番からⅥ番を記した手稿とは異なるものであり、恐らく急いで後に写本に書き加えられたものであろうと推論した。さらにⅦ番では文頭の大文字Aの欠所を説明している。一方、ガリシアでは中世学者エラディオ・オビエド・イ・アルセが『ガリシア翰林院紀要』(1916-17)に「13世紀ガリシアの吟遊詩人マルティン・コダックスの正真正銘の写本」という題目で、「ビンデル写本」はイタリア人写字生が記したものであり、言語学的に著しいポルトガル語化を感じさせ、写本は伝統に則るものだと述べている。

ペドロ・ビンデルは写本がスペインから流失しないように特別の注意を払い、そして買い手を見つけるために様々な方法をとった。しかし、レアル・アカデミア・ガレーガ(Real Academia Galega・ガリシア翰林院)のような機関は経済的に貧窮していた理由から、またマドリードとリスボンの国立図書館は財力不足で購入には至らず、1918年スウェーデンのウプサラ大学教授でカタルーニャ人の音楽学者ラファエル・ミッチャーナにより正当に評価された。ミッチャーナが購入した理由は、音楽研究を充実させる考えがあったが1921年に亡くなってしまった。彼の死後、この価値ある写本はウプサラに残った。ミッチャーナ氏の未亡人の死後は相続人が売却した。その後しばらく「ビンデル写本」は行方不明となり、やがて古書収集家のオットー・ハースが入手し、ロンドンで競売にかけられ、どこかの財団が落札したらしいことだけがわかっていた。この入札にスペインとポルトガルの政府機関は、中世ガリシア文学の最も貴重な作品である写本を取り戻すためにオークションという方法には抵抗感があり参加しなかったようだ。

落札されてから、この写本の行方が不明な時期、1956年にブラジルの言語学者セルソ・フェレイロ・ダ・クーニャによりマルティン・コダックスに関する基本的な研究書が現れた。彼は「ビンデル写本」について、オビエド・イ・アルセとカロリーナ・ミカエリスの意見を受け継ぎ研究を深めた。それは『聖母マリア頌歌集』の写本と『アジュダ歌集』にみられる相似性に注目し、2つの写本は本文には薄黒インク、頭書の大文字に朱インクと青インクが交互に使われていたことを指摘した。

1977年ニューヨークのピアポント・モルガン図書館で「ビンデル写本」の所蔵が判明されてから、この写本は重要な研究対象となり、いくつかの複製がなされた。イスマエル・フェルナンデス・クエスタ（パリ1982）、マヌエル・ペドロ・フェレイラ（リスボン1986）である。とくにManuel Pedro Ferreira, *O Som de Martin Codax*『マルティン・コダックスの音色』, Lisboa, 1986. pp.222によると、カンティーガスの記譜法は、二人の異なる手により書かれ、記号論的に別種の様式であるという見解を主張した。マルティン・コダックスのカンティーガスⅠ，Ⅳ，Ⅴ，Ⅶは非モーダルな測定記譜法で、Ⅱ，Ⅲは初期フランス様式の記譜法である。Ⅵ番目の詩には音符が記載されていないのは、Ⅶ番に付けるために一度書いたものを取り除いたと考えている。

マルティン・コダックスの詩は、世界の多くの学者たちを魅了し、賞賛を浴びた。1983年、サンティアゴ・デ・コンポステーラ大学のシェスース・アロンソ・モンテーロ教授は『マルティン・コダックスへのオマージュ』を編み、ヨーロッパの8つの言語に翻訳し世界に広めた。

レアル・アカデミア・ガレーガは、1998年の「ガリシア文学の日」にビーゴ湾岸で活躍した中世ガリシアの吟遊詩人マルティン・コダックス、メンディーニョ、ショアン・デ・カンガスの三名を顕彰し、さまざまな行事を催した。また、多くの啓蒙書や研究書も刊行され、ガリシア・ポルトガル語の抒情詩の研究者と愛好家に進上された。専門家でない一般の人々のために計らって、現代の読者への標は、句読法、省略された母音の回復、uとvの識別、母音iの文字統一、アクセント符号、文字hの現代的な用法などを定めたことである。

2010年には、アロンソ・モンテーロ教授は先の『マルティン・コダックスへのオマージュ』にロシア語と日本語訳を追加して10の言語による*As sete cantigas de Martín Codax en dez idiomas*, Concello de Vigoとして再び世界に広められた。

ペドロ・ビンデルの発見により、マルティン・コダックスの存在意義は高められた。ビーゴ海で愛を謳う無名の詩人は「ヨーロッパの言葉で芸術を作り上げた、それは宝石に値する」とローマン・ヤコブソンは述べている。その構成は単純な手法のもと作り上げられ、詩的な素材と形式的な表現が完全にマッチングしてさらに人の心の底まで揺り動かし、765年後の今日、その感性を日本の私たちに届けてくれた。愛書家ビンデルは発見の情熱を伝え、文学作品の管理と普及に尽くした人であり、まさに過ぎ去りし時を甦らせてくれた。

コダックスの写本を見ながら思うことは、ガリシア・ポルトガル語の抒情詩はガリシアにおいてその扉を開く単なる形式的なものだけではなく、世界に届くメッセージでもある。ガリシア語は人類の文化遺産であり、まさにビンデルの写本発見から100年後の暮れの一日、私は日本でこの序文を認めている。

＊ビンデルの協力者アルメスト教授は、1914年7月に急逝し写本が世に出たことを見極めることができなかった。歿後100年にあたる2014年9月～11月にかけて「ビークトル・サアイ・アルメストとその時代（1871-1914）」と題するシンポジウムがポンテベドラ、サンティアゴ、ア・コルーニャで開催された。

第2章

ビーゴの三大吟遊詩人

イベリア半島北西部のガリシア地方は、中世期にガリシア語による抒情詩が華開き多くの吟遊詩人が現れた。13世紀にビーゴの入江で恋歌を歌った吟遊詩人について記してみたい。

I　吟遊詩人とは

ヨーロッパ社会ではおもに中世の10世紀頃から15世紀頃にかけて現れ、詩曲をつくり各地を訪れて歌った人たちである。

中世ヨーロッパ文化における吟遊詩人としてのジョングルールは、低層階級の放浪の音楽師として8世紀頃からフランスの記録に現れる。彼らはとくに中世の歴史的な事件、あるいは史実についての物語を歌により広めていった。また宮廷に仕える音楽師たちも現れ、伝統的な言い回しに由来するミンストレルという技法で歌った。北フランスからドイツ各地にかけては、ゴリアールと呼ばれた放浪の学僧もいた。北イタリアでは、ラウダ（lauda, 神を讃える歌）をつくりながら宣教していた托鉢修道会士がいた。これらの人々も吟遊詩人と言える。

11世紀頃になると、南フランスの宮廷からトルバドゥールと呼ばれる吟遊詩人たちが現れた。彼らはイスラム文化からの影響とされる説がある。トルバドゥールは形式化された宮廷愛や十字軍を主題とする詩に楽器を使って歌いながら各地の宮廷を遍歴した。彼らは城主や騎士といった貴族出身のものが多く、ジョングルールやミンストレルなどは一般民衆の出自の者もいた。トルバドゥールとジョングルールとは地位的に明確に区別された。イタリア北部やイベリア半島のガリシアでも彼らの活動が記録されている。

一方、先史時代の紀元前５世紀頃のケルト社会では祭司階級であるドルイドのなかの専門職として神話や歴史、法律などを詩歌の形式で記憶し伝承する役目にバルドと呼ばれる吟遊詩人がいた。ガリシアの文芸復興期の詩人エドゥアルド・ポンダルはオ・バルドと称された。

世界各地に吟遊詩人と呼べる人々と文化は存在している。イスラム文化圏では古くから知られているし、西アフリカのグリオ、ベンガルのバウル、日本における琵琶法師などもその類と考えられる。

ガリシアの吟遊詩人は三種類のグループに分けられる。トルバドゥール（TROBADOR）、セグレル（SEGREL）、ショグラール（XOGRAR）で、歌集に残されている詩人は150名におよぶ。その出身地は、イベリア半島のガリシア、ポルトガル、カスティーリャ、レオン、アラゴンそしてイタリアのジェノバとフランスのプロバンスである。とくに、ガリシア出身では、ベルナル・デ・ボナバル、フェルナンド・エスキオ、パイ・ゴメス・チャリーニオ、アイラス・ヌーネス、ショアン・アイラス、ショアン・デ・カンガス、メンディーニョ、マルティン・コダックス、ロウレンソ、ペロ・ダ・ポンテなど30人ほどが知られている。

次の挿絵は、『アジュダ歌集』（*Cancioneiro da Ajuda*）に載っている16葉の細密画のうちの２葉で、1280年頃の様子である。最初のものは、左に座っているtrobador, 中央にフィーデルを弾くxograr, 右に大タンバリンを敲く女性の歌い手cantadoraである。

このような数人またはもう少し多い人数で、詩を朗読し楽器を奏で貴族の館などで興行をおこなった。

2枚目は、左に座っているxograr, 中央に拍子木のような楽器クラッパー（チャハール・バーラ）を両手に持って歌い踊っている女性、右側にプサルテリウム（psalterium）というツィター系の撥弦楽器を弾く男性で構成されている。

Trobarは「発見する、改新する」の意味から「歌をつくる」という意味になった。したがってtrobadorは「改新者、創造者」という意味である。すなわち、詩をつくる芸術家である。

一方、xograrは聴衆の前で歌を演奏する役目の人を言い、プロフェッショナルの演奏家である。トルバドゥールとショグラールの中間に位置するのがセグレルである。

II　ガリシア・ポルトガル語の抒情詩

12世紀から13世紀に中世ガリシア語を使い、イベリア半島の大邸宅で詩を作り、歌ったショグラールやトルバドゥールたちがいた。彼らは、宮廷に出入りして即興で詩をつくり歌い演奏した。当時、吟遊詩人たちにより謳われた詩は編纂され、その写本は現在まで伝わっている。

ガリシア語の詩はカスティーリャ地方で成功をおさめ、12世紀にカスティーリャ地方の諸都市で好んで迎え入れられたのはプロバンスの吟遊詩人であったが、13世紀初頭からカスティーリャではガリシア出身の詩人たちにとってかわられた。彼らはその芸術性を高めそして広め、イベリア半島中部と西部で抒情詩の作品は完全にガリシア語で書かれるようになったと言っても過言ではない。

ガリシア語詩の歴史的発展段階は、基本的に次の二つの時代に分けられる。

1　ガリシア・ポルトガル派の時代

13世紀と14世紀前半までの時代。カンティーガス・デ・アミーゴCantigas de amigo（女性から男性への恋歌）の作者であるメンディーニョ（Mendiño), ショアン・デ・カンガス（Xoán de Cangas), マルティン・コダックス（Martín Codax）の三大吟遊詩人が登場して優れた作品をあらわした。またアフォンソ10世賢王（Afonso X）は『聖母マリア頌歌集』を編纂している。さらにポルトガル王ドン・ディニス（D. Dinís, Afonso Xの孫）もこの時代に卓越した技量をもった詩人であった。

試作期より以前の1196年頃にショアン・ソアレス・デ・パビア（Xoán Soárez de Pávia）によりガリシア語で書かれたOra faz ost' o senhor de Navarra（さて、ナバーラ王が戦争を始める）で始まる風刺を謳った詩が最も古いとされている。

時代区分は次のように４区分できる。

１試作期1200年頃-1225年頃
２導入期1225年頃-1250年頃
３開花期1250年頃-1300年頃
４引潮期1300年頃-1350年頃

そして、現在確認されている写本は次の三種類がある。

❶『アジュダ歌集』*Cancioneiro da Ajuda*, Lisboaポルトガル・リスボンのアジュダ宮殿蔵。

1280年頃から14世紀初頭の写本。現存する最も古い歌集。羊皮紙88葉に38名の詩人310篇の詩が収録されている。この写本の綴り合字はll, nn（現代ガリシア語ではñ）であり、lh, nhの綴りは1280年から1285年頃に使用されるようになった。写字生が一人で記したもの。ゴシック体の文字を使い、詩の最初の文字は大文字で黒または彩色を施している。楽譜はつけられていない。極彩色の挿絵が16葉おさめられている。ポルトガルの碩学ミカエリス・デ・ヴァスコンセロス（Michaëlis de Vasconcellos）により校訂本が1904年にHalleで出版され、再版は1990年にリスボンで刊行。オリジナルは普通見ることができないので、私たちはこの復刻の校訂本を見て研究している。

❷『バチカン歌集』*Cancioneiro da Biblioteca Vaticana*

16世紀初頭から編纂をはじめ1558年には終了している。ローマ教皇庁バチカン図書館で編纂されたもので、100名余の詩人の作品1,205篇を210葉に一人の写字生が転写したもの。暫く忘れ去られていたが1840年に発見され、エルネスト・モナチ（Ernesto Monaci）により1875年に完全復刻された。

❸『リスボン国立図書館歌集』*Cancioneiro da Biblioteca Nacional de Lisboa*（校訂者の名前をとりコロッチ・ブランクッティ Colocci-Brancuti と呼ばれている。）

これはバチカン写本とほぼ同じ年代のものであるが、コロッチ Colocci（1474-1549）自身の注釈があり、150名の詩人の作品1,567篇が335葉に6名の写字生によりゴシック体とバスタルド体の書体で記された。1875年パオロ・ブランクッティ・ディ・カリ（Paolo Brancuti di Cagli）伯爵図書館で発見され、その後、所有者を変え、1924年にポルトガル政府が入手して、現在はリスボン国立図書館蔵。覆刻本が1982年に同図書館より刊行されている。

バチカン写本とこのリスボン写本は、どちらもイタリアで写されたもので制作年代は16世紀初頭である。

尚、リスボン写本は17世紀に二部コピーされ、一部はスペインのマドリード国立図書館、もう一部はポルトガルのオ・ポルト市立図書館にある。

❹先の3種以外の写本。

『バークレイ歌集』*Cancioneiro de Berkley*

この写本は19世紀末に発見され、アメリカの二人の学者アスキンズとウッドブリッヂによりバチカン本の複写であることが判明した。17世紀の複写で、一時マドリードのフェルナン・ヌーニェス（Fernán Núñez）伯爵家図書館にあったが、現在、カリフォルニア大学バークレイ校バンクロフト図書館蔵。

❺『聖母マリア頌歌集』*Cantigas de Santa María*

アフォンソ10世編纂であるが、多くはサンティアゴ・デ・コンポステーラの聖職者で吟遊詩人のアイラス・ヌーネス（Airas Nunes）の手になるもの。いくつかの写本がある。スペインのトレド大聖堂にあったものが、現在はマドリード国立図書館蔵で、制作年代は1255年以降。エスコリアル修道院図書館蔵のものは1279年以降の制作。三つめは現在イタリアのフィレンツェ国立図書館蔵。

これらの写本には細密画と、それぞれの歌には角型記譜法で単旋律の楽譜が付けられている。

近代の作曲家ルイス・ブラシェ（Luis Braxe, 1903-1979）の『若葉』ガリシア狂詩曲（*Follas Novas,* Rapsodia gallega), Madrid,1958第四版は『聖母マリア頌歌集』に影響があるとされている。『若葉』はガリシアの作家ラモン・オテロ・ペドラヨ（Ramón Otero Pedrayo, 1888-1976）がとくに気に入っていた作品でもある。

❻特殊なもの

１）『ペルガミーニョ・ビンデル』*Pergamiño Vindel*

1260-1300年初頭の写本。マルティン・ゴダックスの７つの詩が書かれ、このうち６篇にはオリジナルのメロディーがつけられている。風景が恋愛テーマと緊密な関連を保ちながら、素直な感情表現の産物として登場している。カンティーガス・

デ・アミーゴと呼ばれる詩は、海の浪、緑の松、牧場、川岸、鹿、小鳥など娘がひとり寂しく愛の問いかけをする相手に擬されたりしていて、単に流麗な装飾的要素にとどまらず、郷愁と神秘性に満ちて甘美で清冽な抒情的雰囲気を醸している。マルティン・コダックスのこの詩には、単旋律の音階で書かれた楽譜があり、ヨーロッパの詩のなかで最も美しく独創的な作品とみなされ中世を愛する演奏家たちにより歌われている。Helena Afonso – José Peixoto（1986）の *Martín Codax*, UNISYSは、実に素朴な歌唱法でなかなかよい。これは33回転盤のレコードで、今となっては聴くためのプレーヤーもなくなり聴くときには不自由している。また、Ana Ferrz, soprano. César Viana, frauta de pico. *As Melodías de Martín Codax*, 1998, Xeraisは、忠実に再現されていてとてもよい。

最近のものでは、*Martin Codax, Cantigas de amigo*, Fin'Amor, 2008, Pavane Records. *Martín Codax, Cantigas de amigo*, Supramúsica, Dirección Telmo Campos, 2012がある。この録音は、メロディーがゆっくりすぎで、歌がはっきりしないところがある。楽器演奏ももう一歩というところだ。

秀逸しているのは、ガリシアの中世音楽グループMartín Codaxは吟遊詩人と同名である。このグループの*Devotio*, Cantus Records, 2006は技倆ともに優れている。尚、ガリシアのアルバリーニョワインの銘柄にマルティン・コダックスという白ワインがある。このメーカーが音楽グループに協賛し、毎週木曜日の夜、カンバードス市ビラリーニョにある醸造所の野外ステージでコンサートが催される。ガリシアのトラッドグループが登場していろいろ楽しませてくれる。当然、コンサートの後は、白ワインの王様と称されるアルバリーニョで喉を潤すのが格別である。

日本では、2012年セルバンテス文化センター東京で杉本ゆり指揮によるラウデジー東京のソプラノ鏑木綾さんがこのカンティーガスのⅠ番・Ⅱ番を歌い上げた。日本人でもガリシア語により感情をこめて素晴らしく表現することができる。

さて、この写本は1913年暮れスペインのマドリードの古書店主ペドロ・ビンデルによって発見されたもので、14世紀の羊皮紙の裏に記されていたものであった。発見者の名をとりビンデル写本とされている。その後、外交官でもある音楽家のラファエル・ミッチャーナ（Rafael Mitjana）が1918年6,000ペセタで買い取り、ウプサラに持ち帰った。当時、文庫本が30センティモくらいだから、二万倍の値段であった。

1921年ラファエルが亡くなると夫人が相続したが、収集家オットー・ハース（Otto Haas）に売却、さらに骨董商アルビ・ローゼンタール（Albi Rosenthal）がこの写本をロンドンで競売にかけた。その時は、誰が落札したのか判らず、第二次世界大戦をはさんで56年間行方不明であった。そして1977年ニューヨークのピアポント・モルガン図書館に所蔵されていることが判明して公開された。（口絵参照。）

所蔵先が分かると、多くの学者が再び綿密な研究をすすめオリジナルに近い複製が少なくとも五種類出版され、現在に至っている。私の知己の音楽史家ロペス・カロ神父（López-Calo, サンティアゴ・デ・コンポステーラ在住で昭和27年頃広島のエリザベート音楽大学で教鞭をとったことがある親日派）、ポルトガルのペドロ・フェレイラ（Pedro Ferreira）教授による研究書がある。

フェレイラ氏は中世の楽譜を現代版にアレンジしてピアノで弾けるようにした楽譜を私に贈ってくれた。マルティン・コダックス現代バージョンもなかなかいい曲である。これをピアニストの西川理香さんが見事に甦らせた。

ガリシア政府は、転売され所在が判明したガリシアの宝であるこの写本を生誕地に戻してほしいと再三懇願したにもかかわらず、現在はニューヨークにある。果たしてガリシアに戻る日はいつか。

2）『ペルガミーニョ・シャーラー』*Pergamiño Sharrer*

13世紀末のもの。この写本は、1990年7月、ポルトガルのリスボンにあるトンボ搭古文書館でアメリカの中世文学者シャーラー（Harvey L. Sharrer）により発見されたもので、ディニス王の恋歌（Cantigas de amor）7篇が収められていて、楽譜が付いている。

これらの写本と同時代のものでは、日本では『新古今和歌集』が編纂され、東西で優れた歌集が編まれている。

内容からの分類

先に述べた写本の詩は、内容から次の①②③の世俗的歌集（profano）と④の宗教的歌集の二種類に区別できる。

① カンティーガス・デ・アミーゴ Cantigas de amigo

女性が男性に贈る恋歌。メンデス・フェリン（2000）は、この歌を「われわれが想像する現代の感性に近い」と、述べている。

② カンティーガス・デ・アモール Cantigas de amor

男性が女性に贈る恋歌。

③　カンティーガス・デ・エスカルニオ・エ・マルディゼー

Cantigas de escarnio e maldizer風刺などを謳った戯言および悪口の歌。

④　カンティーガス・マリアイスCantigas mariais

聖母マリアを讃えた宗教的な歌。

2　ガリシア・カスティーリャ派の時代

14世紀から15世紀初頭にかけての時代。おおくの宮廷吟遊詩人が登場するが、徐々にガリシア語からカスティーリャ語へと使用する言語を変えていった。その契機になったのはペドロ・アフォンソ（D. Pedro Afonso, ディニス王の子）が1354年に亡くなったことによる。この派の作品は、ガリシア・ポルトガル派の時代に比べると抒情性において見劣りがする。唯一『バエナ詩集』*Cancioneiro de Baena*（1350-1430年頃）が纏められている。ガリシア語の詩は、この『バエナ詩集』にあらわれるのを最後に忘れ去られ、19世紀中葉のロマン主義の到来によってガリシアのレシュルディメントと呼ばれる文藝復興期にロサリーア・デ・カストロ（Rosalía de Castro, 1837-1885）の登場まで、まったく埋もれた存在となってしまう。

ところが『アフォンソ・パエス詩集』*Cancioneiro de Afonso Paez*というものが近年になり新たに発見された。1380年から1430年頃の後期ガリシア・ポルトガル語による抒情詩を詠う吟遊詩人アフォンソ・パエスの歌集で23篇から成る。先の時代区分によるガリシア・ポルトガル語の抒情詩の引潮期から遅れること30年になり、カステラニスモ（カスティーリャ語の語彙he de cesar, he cousas sotil, da que soy moy namorado）が散見されることからガリシア・カスティーリャ派による抒情詩である。

この『アフォンソ・パエス詩集』は、ガリシアの富豪オソリオ家が所有していた古文書をルーゴ県立歴史文書館に寄贈した中世文書のなかから、文書館の研究員が2011年に発見したものである。その後、サンティアゴ・デ・コンポステーラ大学ガリシア語研究所のモンテアグード（Henrique Monteagudo）教授が解読した結果、今までにない新たな発見に繋がった。この詩集の校訂本が2013年５月に刊行され、タイトルは、詩の一行目をとり *En cadea sen prijon*（束縛のない絆）*Cancioneiro de Afonso Paez,* Poesía galega postrobadoresca（1380-1430 ca.), Xunta de Galicia, 2013である。

このように、中世の古文書はまだまだ新たな発見に繋がる可能性が大である。私は、ガリシアの古書店巡りが好きだが、時には骨董店にも足を運んでいる。新発見をするにはそれなりの知識が必要である。また、古文書解読学（paleografía）も楽しい学問である。

Ⅲ　ビーゴの吟遊詩人たち

ビーゴの三大吟遊詩人マルティン・コダックス、メンディーニョ、ショアン・デ・カンガスは、次の図に見る大西洋に面したビーゴ湾を舞台にした聖地、サン・シモン（San Simón)、ビーゴ（Vigo)、カンガス（Cangas)、サン・マメデ（San Mamede）を謳っている。

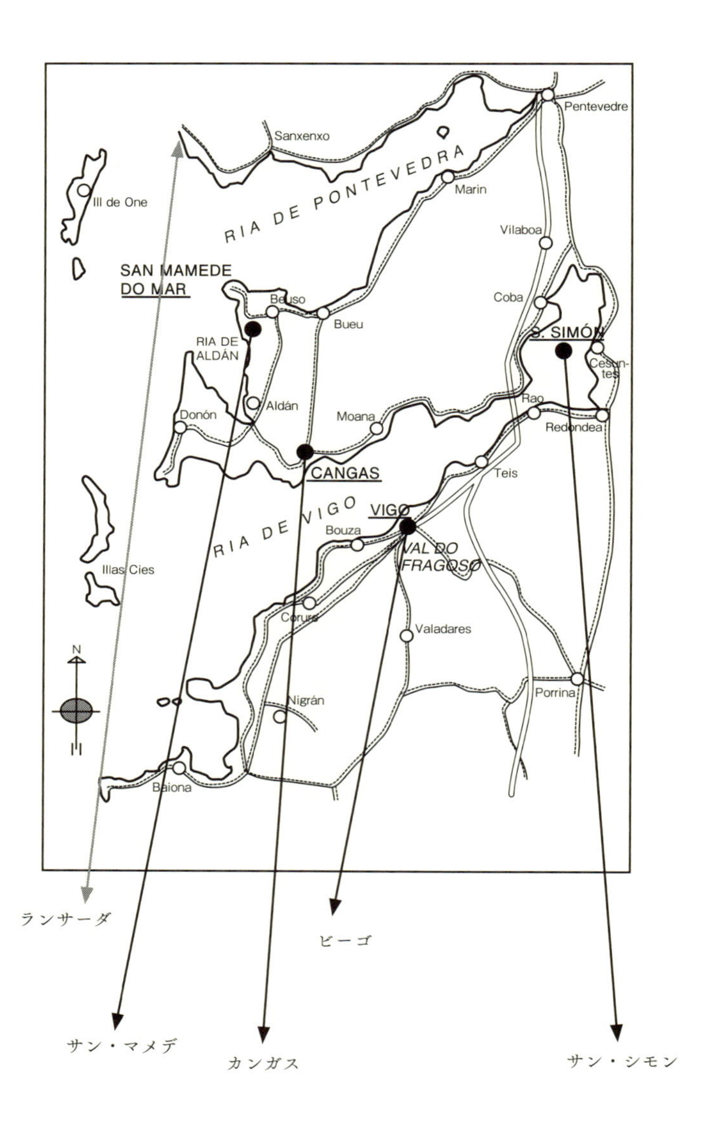
Pentevedre
Sanxenxo
RIA DE PONTEVEDRA
Marin
Ill de One
Vilaboa
SAN MAMEDE
DO MAR
Beuso
Bueu
Coba
S. SIMÓN
RIA DE
ALDÁN
Cesan-
tes
Aldán
Rao
Donón
Moana
Redondea
CANGAS
Teis
VIGO
RIA DE VIGO
Bouza
VAL DO
FRAGOSO
Illas Cies
Corurs
Valadares
N
Porrina
Nigrán
Baiona
ランサーダ
ビーゴ
サン・マメデ
カンガス
サン・シモン

これらの詩をカンティーガス・デ・ロマリーア（Cantigas de romaría, 聖地詣の詩）と言うことができる。それは、聖地の宣伝も兼ねているのであろう。現在27の聖地詣の詩が知られている。

次の写真はその一つ、ランサーダの隠修道（Ermida da Nosa Señora da Lanzada）で、毎年8月の最終日曜日にかけて村祭りが開催される。ランサーダの聖母マリアにお参りして、夜明けとともに海に入ると子宝が授かるという言い伝えがある。

1. Martín Codax　マルティン・コダックス

この詩人についてはあまり良く知られていない。Martín なのか Martiño なのか、また Codax, Códax, Codaz のように写本からいろいろと推論される。おそらくガリシアのビーゴ村付近出身で13世紀中葉に活躍した吟遊詩人（ショグラール xograr）。フェルナンド3世聖王（在位期1217-1252）が、イスラム教徒との戦いに軍を派遣した際に従者として参戦した若者をテーマにした詩がある。リスボン写本、バチカン写本にカンティーガス・

デ・アミーゴスの7つの詩が載せられている。さらに「ビンデル写本」が発見されてからは、多くの研究がすすめられた。

詩の内容は、一人の女性がペドラかラシェのサンタ・マリア教会の傍らのアレアル浜にたたずむ。海から岩に浪が打ちつけている。愛する人は、間もなく戻る予定だか、まだ戻らず彼女は一人ぼっちである。打ち寄せる波が彼女の心を慰め、恋人はすぐに戻るかどうか浪に彼女は訊いている、というストーリーである。遠くシエス諸島の島影に太陽が沈んでいく光景である。

修辞的な観点からみると、次のような特徴があげられる。ステレオタイプの形式（amigo/amado; leuado/salido; amigo/priuado; delgado/uelido)、同義語の拡張（uiu'e sano)、語の転置（uiu'e sano/ san'e uiuo; en uigo senneira/ senneira en uigo; no sagrado en uigo/ en uigo no sagrado)、語源的な文彩（amar amado)、感嘆の頓呼法（ay deus, madr', ay ondas文の途中で急転してその場にいない人に呼び掛ける表現方法)、母音の省略をアポストロフィ（madr'）で表している。さらに、繰り返しの技法をふんだんに使っている。パラレリスモ（paralelismo対句法）とレイシャ・プレン（leixa-prén）と呼ぶ繰り返しがある。レイシャ・プレンは、Iの詩で第一連の2行が第三連の1行に、さらに第二連の2行が第四連の1行に完全に繰り返される技法である。これらは、曲に適応させるためにガリシア・ポルトガルのカンティーガスの修辞法の形式と考えられる。また、トゥルバドールの伝統から作詞家と作曲者は同一の人物と考えるが、マルティン・コダックスの「7つのカンティーガス」は、写字から判断してもⅦの詩は別の作者であると判断できる。Ⅰの詩からⅥの詩の脚韻はamigo/ amadoのように短くビーゴと海を言及しているのに対して、Ⅶの詩の２行の脚韻は長く、浪だけを謳っている。作者が異なるにも関わらず、その詩的表現と音楽的表現性のあいだには、convenientia（適応性）という修辞法の規則に従い「７つのカンティーガス」は調和がとれている。

音楽性について、オビエド・イ・アルセは、単純で繊細なメロディーは土着的な味わいがありケルトのアララ（alalá）のメロディーを呼び起こし、ガリシア独自のアルカィックな音楽的なジャンルであると記している。

２．Mendiño　メンディーニョ

ガリシアで13世紀から14世紀初頭に活躍した吟遊詩人（ショグラールxograr）。地名Mendoに縮小辞innoを付加してMendiñoという芸名にした。

サン・シモン島を舞台にしたCantiga de amigo一篇24行が知られている。ミカエリス・ヴァスコンセロスは、12回にわたる二行の繰り返しの技法は、最も美しい恋歌で、吟遊詩人の優れた才能を表している、と述べている。

３．Xoán de Cangas　ショアン・デ・カンガス。イタリア人の校訂本にはJoham de Cangasと記されている。

ガリシアのビーゴ付近の出身で13世紀末から14世紀にかけて活躍した吟遊詩人（ショグラールxograr）。聖地サン・マメデを舞台にした三篇のCantigas de amigoが知られている。ブエウのベルソ地区に属するアルダンにあるボン村に13世紀半ばに創建されたサン・アメディオ隠修堂で恋歌を謳ったもの。この吟遊

詩人は、カンガス・ド・モラソに生まれ、隠修道は生地の近くにあった。メンディーニョやマルティン・コダックスもビーゴ湾を囲む近隣で活躍していた。

聖地サン・マメデの7月の夏祭りにブエウとカンガスの農民や漁民が集まることを謳ったもので、現在でも樫の木のもとに礼拝堂があり聖アメディオを祀ってある。

話の内容は、娘が恋人と一緒にサン・マメデのお祭りに出かけたいと、母にお願いするが許されず、恋人は彼女が祭りに来ていないことを嘆き、神に会わせてほしいと懇願して、サン・マメデの礼拝堂で待つことにする、という詩である。

想像上のマルティン・コダックス

第3章

7つのカンティーガス

Martin Codax 『ビンデル写本』

(I)

Ondas domar de uigo

ſe uistes meu amigo. E ay

deus ſe uerra cedo.

Ondas do mar leuado.

ſe uistes meu amado.

E ay de*us* ſe uerra cedo.

Se uistes meu amigo.

o por que eu ſoſpiro.

E ay de*us* ſe uerra cedo.

Se uistes meu amado.

por que ei g*ra*n coidado.

E ay de*us* ſe uerra cedo.

(II)

Mandad ei comigo ca uen meu
amigo. E irei madr á uigo.
c omig éi mandado.
ca uen meu amado.
E irei madr á uigo.
Ca uen meu amigo.
e uen san é uíuo.
E irei madr a uigo.
Ca uen meu amado.
e uen uiu é ſano.
E irei madr a uigo.
Ca uen ſan e uiuo.
e del rei amigo.
E irei madr á uigo.
Ca uen uiuo *e* ſano.
e del rei príuado.
E irei madrá uígo.

(III)

Mia yrmana fr[emosa treides]
comigo. ala ygreia de uig[o u e o]
mar ſalido E miraremos las ondas.
Mia irmana fremoſa trides de grado.
ala ygreia de uígo u e o mar leuado.
E miraremos las ondas.
Al[a] ӯgreia de uigoú é ó mar leuado.
e uerra ӯ mia madréó meu amado.
E miraremos las ondas.
Ala ӯgresia de uig ú é ó mar salido.
[e] uerr[a] y mia madreo meu amigo.
E [m]iraremos las ondas.

(IV)

Aȳ de*us* ſe ſab óra meu
amigo. comeu ſenneira eſtou
en uígo. E uou namorada.
Aȳ de*us* ſe ſab óra meu amado.
comeu en ui[go sen]neira manno.
Euou namo[rada]
Comeu sennei[ra estou en] uigo.
e nulla ga[rdas ñ]ei comigo.
E uou (me) namorada.
Comeu ſenneira en uigo manno.
e nullas gardas migo n*on* trago.
Euou namorada.
E nullas gardas nõ ei comigo.
ergaſ me*us* ollos q*ue* chorã migo.
Euou namorada.
E nullaſ gardas migo n*on* trago.
ergaſ me*us* ollos q*ue* chorã ambos.
E uou namorada.

(V)

Quantas ſabedes amar

amigo treides comigo alo mar

de uigo. E bannar nos emos

[nas ondas]

[Quantas ſabedes amar] amado

[treides comigo alo] mar leuado.

[e banar nos] emos.n.o.

[Treides comi]g alo mar de uigo.

e [uere]molo meu amigo.

Ebannar nos emos.n.o.

Treides mig álo mar leuado.

e ueeremo[s] meu amado.

E bannar nos emos.n.o.

(VI)

Eno ſagrado en uígo. bay
laua corpo uelido. Amor ei.

En uígo no ſagrado.
baȳlaua corpo delgado. amor ei.

Baylaua corpo delgado
que nunc óuuer ámado. Amor ei.

Bailaua corpo uelido.
que nunc óuuer ámigo. Amor hei.

Que nunc ouuer amigo.
ergaſ no ſagrad én uígo. Amor ei.

Que nunc óuuer ámado.
ergaſ en uigo no ſagrado. Amor ei.

(VII)

[A]ȳ ondas que eu uín

ueer ſe me ſaberedes

diȝer por que tarda meu

Amigo ſē mĵ

[A]ȳ ondas q*ue* eu uĩ mirar

ſeme ſaberedeſ contar

por q̄. t. m. A. ſ. mĵ

註・ここに記した「7つのカンティーガス」はビンデル写本から忠実に転記したものである。イタリック体の箇所と［　］は写本の不明瞭な部分であり、『バチカン歌集』および『リスボン国立図書館蔵歌集』から校合した。

校訂版

I

Ondas do mar de Vigo,
se vistes meu amigo?
E, ai Deus!, se verrá cedo?

Ondas do mar levado,
se vistes meu amado?
E, ai Deus!, se verrá cedo?

Se vistes meu amigo,
o por que eu sospiro?
E, ai Deus!, se verrá cedo?

Se vistes meu amado,
por que hei gran coidado?
E, ai Deus!, se verrá cedo?

II

Mandado hei comigo
ca vén meu amigo.
E irei, madre, a Vigo!

Comigo hei mandado
ca vén meu amado.
E irei, madre, a Vigo!

Ca vén meu amigo
e vén sano e vivo.
E irei, madre, a Vigo!

Ca vén meu amado
e vén vivo e sano.
E irei, madre, a Vigo!

Ca vén sano e vivo
e del rei amigo.
E irei, madre, a Vigo!

Ca vén vivo e sano
e del rei privado.
E irei, madre, a Vigo!

III

Mía irmana fremosa, treides conmigo
a la igreja de Vigo, u é o mar salido.
E miraremo.las ondas!

Mía irmana fremosa, treides de grado
a la igreja de Vigo, u é o mar levado.
E miraremo.las ondas!

A la igreja de Vigo, u é o mar levado,
e verrá i, mía madre, o meu amado.
E miraremo.las ondas!

A la igreja de Vigo, u é o mar salido
e verrá i, mía madre, o meu amigo.
E miraremo.las ondas!

IV

Ai Deus, se sabe ora o meu amigo
como eu señeira estou en Vigo!
E vou namorada!

Ai Deus, se sabe ora o meu amado
como eu en Vigo señeira maño!
E vou namorada!

Como eu señeira estou en Vigo
e nullas gardas non hei comigo!
E vou namorada!

Como eu señeira en Vigo maño
e nullas gardas migo non trago!
E vou namorada.

E nullas gardas non hei comigo
ergas meus ollos que choran migo!
E vou namorada!

E nullas gardas migo non trago
ergas meus ollos que choran ambos!
E vou namorada!

V

Cuantas sabedes amar amigo
treides comigo a lo mar de Vigo.
E bañar.nos.hemos nas ondas!

Cuantas sabedes amar amado
treides comigo a lo mar levado.
E bañar.nos.hemos nas ondas!

Treides comigo a lo mar de Vigo
e veerémo.lo meu amigo.
E bañar.nos.hemos nas ondas!

Treides comigo a lo mar levado
e veerémo.lo meu amado.
E bañar.nos.hemos nas ondas!

VI

Eno sagrado, en Vigo,
bailava corpo velido.
Amor hei!

En Vigo, no sagrado,
bailava corpo delgado.
Amor hei!

Bailava corpo velido
que nunca houbera amigo.
Amor hei!

Bailava corpo delgado
que nunca houbera amado.
Amor hei!

Que nunca houbera amigo
ergas no sagrado, en Vigo.
Amor hei!

Que nunca houbera amado
ergas en Vigo, no sagrado.
Amor hei!

VII

Ai ondas que eu vin veer,
se me saberedes dizer
por que tarda meu amigo
sen min?

Ai ondas que eu vin mirar,
se me saberedes contar
por que tarda meu amigo
sen min?

日本語訳

I

ビーゴ海の浪よ、
貴方は我が愛する人にお会いなりましたか。
ああ　デウス*様、彼の人はすぐに戻るでしょうか。

荒れ狂う海の浪よ、
貴方は我が恋する人にお会になりましたか。
ああ　デウス様、彼の人はすぐに戻るでしょうか。

貴方は我が愛する人にお会いになりましたか。
私は彼の人を恋しく思います。
ああ　デウス様、彼の人はすぐに戻るでしょうか。

貴方は我が恋する人にお会いになりましたか。
彼の人は私に心を痛めております。
ああ　デウス様、彼の人はすぐに戻るでしょうか。

* デウス・Deus　キリスト教の神

II

文が私に届きました。

我が愛する人は戻ると。

ああ　母上、私はビーゴに参ります。

私に文が届きました。

我が恋する人は戻ると。

ああ　母上、私はビーゴに参ります。

我が愛する人は戻ります。

恙無く戻ります。

ああ　母上、私はビーゴに参ります。

我が恋する人は戻ります。

恙無く戻ります。

ああ　母上、私はビーゴに参ります。

彼の人は恙無く戻ります。

親しき王様の伴として、

ああ　母上、私はビーゴに参ります。

彼の人は恙無く戻ります。

王様の側近として、

ああ　母上、私はビーゴに参ります。

III

我が美しき妹子（いもこ）よ、私と共においでください
ビーゴの教会へ、そこは荒れ狂った海。
そして浪を眺めましょう。

我が美しき妹子よ、心からおいでください
ビーゴの教会へ、そこは浪立つ海。
そして浪を眺めましょう。

ビーゴの教会へ、そこは浪立つ海、
母上、我が恋する人は戻ります。
そして浪を眺めましょう。

ビーゴの教会へ、そこは荒れ狂った海、
母上、我が愛する人は戻ります。
そして浪を眺めましょう。

IV

ああ　デウス様、もし我が愛する人をご存じでしたら
私は独りでビーゴに居りますとお伝えください。
そして私は彼の人に恋しています。

ああ　デウス様、もし我が恋する人をご存じでしたら
私は独りでビーゴに居りますとお伝えください。
そして私は彼の人に恋しています。

私はビーゴに独りで居りますから、
私には誰もおりません。
そして私は彼の人に恋しています。

私は独りでビーゴに居りますから、
誰も私のところには参りません。
そして私は彼の人に恋しています。

私には誰もおりません。
心の中では泣いております。
そして私は彼の人に恋しています。

誰も私のところには参りません。
二人とも心の中では泣いております。
そして私は彼の人に恋しています。

V

いくばくか愛する人を慈(いつく)しむことができましょうか
ビーゴの海に私とおいでください。
そして波間で戯れましょう。

いくばくか恋する彼の人をご存じでしょうか
浪立つ海に私とおいでください。
そして波間で戯れましょう。

ビーゴの海に私とおいでください
そして我が愛する人にお会いください。
そして波間で戯れましょう。

荒れ狂う海へ私とおいでください
そして我が恋する人にお会いください。
そして波間で戯れましょう。

VI

聖なるビーゴの地で、
美しき体が踊っていた。
私には愛があります。

聖なるビーゴの地で、
しなやかな体が踊っていた。
私には愛があります。

美しき体が踊っていた、
決して愛する人がいるとは思えないように。
私には愛があります。

しなやかな体が踊っていた
決して恋する人がいるとは思えないように。
私には愛があります。

決して愛する人がいるとは思えないように、
聖なるビーゴの地を除けば
私には愛があります。

決して恋する人がいるとは思えないように、
聖なるビーゴの地を除けば
私には愛があります。

VII

ああ　浪よ　私は貴方に会いに参りました、
さあ　私に応（こた）えてください
なぜ　我が愛する人はすぐ帰らないのですか、
私のもとに。

ああ　浪よ　私は貴方に会いに参りました、
さあ　私に話してください
なぜ　我が愛する人はすぐ帰らないのですか、
私のもとに。

第4章

カンティーガスの音楽について

はじめに

スペイン音楽というもの

スペインは、宗教歌であれ、世俗歌であれ、ヨーロッパのなかにおいて独自の叙情を発達させた国である。ピレネー山脈という障壁があること、人種的構成など様々な要因があろうが、イスラム教徒との並存、すなわち多元的な文化をくぐりぬけてきたことも一因であろう。

589年に西ゴート王レカレドI世がカトリックに改宗し、スペインの国家的な基礎付けが確立する。その際に7人の司教が典礼を整え、典礼音楽を作曲し、カトリック国家としての音楽的基盤をつくるのだが、7人のうち最も重要な、エウヘニウス（d.657）は典礼聖歌のみならず、西洋最古の世俗音楽の作曲者であり、世俗音楽の父と言われている。このように彼らの音楽性の発露は当初から宗教・世俗に平等に発揮された。

7人の司教によって規範が作られた典礼はいわゆるモザラベ典礼といってローマの規範とは異なる。彼らはその後イスラムとの長い戦いにあけくれることになるが、戦争によって自国の典礼音楽が衰退するどころかますます盛んになったのである。ローマからの統制や制約を受けずにのびのびと独自の旋律を造り出した彼らは膨大なメリスマ唱法（ひとつの母音に音をたくさんつけて装飾する歌唱）を発達させる。これはアラブからの影響と考える立場もあるが、人類学者マリウス・シュナイダー博士によって、スペインのメリスマ唱法はアラブ侵入以前からの特徴であるとも指摘されている。

スペイン人は大変音楽的な民族と言える。4世紀ころからすでにスペインの高位聖職者や王たちはみずから旋律を作り、それを民衆に歌わせていた。

1．中世スペイン歌曲

歌謡の豊かな発達と共に歩んできたスペインは典礼音楽史上において類稀な音楽を残していることを考えれば、世俗歌曲においても同様であろう。

カンティーガス・デ・アミーゴが成立した13世紀のヨーロッパ全体を見てみよう。この時代は典礼音楽以外の単旋律歌曲が豊かに発展した時代である。時代は多声音楽の様式へと移行し、定量音楽記譜法を確立していくのだが、定量的なリズムのセオリーのない、音高だけを示す角型記譜法によって多くの旋律線が残される。フランスのトルバドゥール、トルヴェール、イタリアのラウダ、そしてスペインの『カンティーガス・デ・サンタ・マリア』などがそれに相当する。とくにガリシア語による『カンティーガス・デ・サンタ・マリア』は400余曲からなる聖母マリア頌歌集として名高い。それらはアフォンソ10世の宮廷で編纂されており、中世における詩と旋律の宝庫とも言える。それならば同じガリシア語による世俗的な恋の歌も同様に歌われていたはずである。しかし今、私達の手元に旋律と共に残された歌曲は、このマルティン・コダックスによるカンティーガスの７曲（１曲は記譜がないため正確には６曲）のみである。教会・修道院、また宮廷の保護のもとに作成された写本とは異なる出自を持ち、異なるコンテキストのなかに置かれたジャンルであるということが明らかである。しかしこの一葉の羊皮紙に収められた７つの詩から、我々はイベリア半島における世俗歌曲の大きな発展を推し量ることができる。

2．マルティン・コダックスの7つのカンティーガス

7つのカンティーガスの作者であるマルティン・コダックスMartín Codax（fl c.1240-70）は、いわゆる「ビンデル写本」Pergamiño Vindelに残された7つの詩と旋律の作者としてのみ音楽史上に名をとどめる。ニュー・グローヴ音楽辞典によると“ガリシアのジョングルール”と定義されている。彼はガリシアのビーゴ出身と言われ[1]、少なくとも一時期、ビーゴの地と関係があったことは確かであろう。

私達が今手にできる楽譜付きの唯一の写本は上述のビンデル写本といわれるもので、おそらく13世紀後期に書かれている。1913年に偶然にマドリードの書籍商ペドロ・ビンデルPedro Vindelによって発見されたことにその名の由来がある。キケロの著作*De Officiis*の写本を18世紀に製本したものの裏張りにガリシア語による歌を記した羊皮紙が使われているのを彼が発見したのである。時としてこのような写本発見劇が音楽史を書き換えることが起こるものである。コダックスの詩はイタリアに残るいくつかの写本によってテキストだけは知られていたのだが、ここに初めて旋律が明らかになったのである。

『カンティーガス・デ・サンタ・マリア』はもっぱら男性の語る聖母マリア（高貴な婦人）への愛であるのに対し、カンティーガス・デ・アミーゴのように女性の声による芸術があるということはイベリア半島における重要な文学的現象であると言える。女性の語り手、歌い手が活躍していたことを思わせ

1　浅香武和「ガリシアの吟遊詩人を訪ねる旅」津田塾大学『国際関係研究所報』48,（2013,12）, p.14.

る。しかし歌の作者は男性である。アミーゴの場合は歌の著者性より「女性の声」というもの「女性性」というものにフォーカスが置かれるべきだろう。楽譜を書きとめたのが男性であったとしても大元の作者は本当に男性であったか、男性の名を借りて背後に女性の詩人の存在があったかどうかは不確定のままであるが、俗語で女性が作品を残すと言うことが極めて稀な時代、名もない女性が背景にいたことはじゅうぶんに考えられるのではないだろうか。南仏のトルバドゥールにおけるtrobaritzのような女性トルバドゥールの存在、またエレオノール・ダキテーヌのような女性のパトロンの存在もイベリア文化にはない。しかし『カンティーガス・デ・サンタ・マリア』の挿絵の中に多くの女性の姿がみられることから、女性も音楽活動に重要な役割を果たしていたことは明らかである。

この6曲は、ヨーロッパの他のどこにも類を見ないタイプの歌曲であると同時に、楽譜に残された最も古い時代に属する中世叙情歌謡として極めて貴重である。わずか6曲という希少な楽譜断片から推し量れることは、これらはトルバドゥールの模倣の姿はとっていないということである。そして民謡風の特徴が強いということから、トルバドゥールの発達よりもっと以前の時代からの歌謡の伝承に源泉を得ているという可能性もある。「ビーゴの海」で恋人を待つという、具体的な場所を特定していることも土地に根ざした伝承からなんらかの影響を受けていることを思わせる。

ビーゴの海を前に、一人の若い乙女が自分のもとから遠く離れた恋人を想い、恋人の帰りを待ち望む想いを歌う。この直接性、自然な人間の本性としての愛情の表現は人工的なラムール・クルトワ[2]とは異なる。水辺を前にして歌う女性の歌はChansons de toileといわれ、フランスにも存在するが、共通しているのは若い女性が海、または波の前で恋人を想い、歌う。そしてその旋律はきわめてナラティヴで、わずかの素材だけでできている、という点である。コダックスの残した6曲の旋律は、まさに最小単位の音型を繰り返し、そのヴァリアントで全体を波状型に造っていく。そしてVigo, amigo, amadoといった言葉に必ずメリスマが付され、単調な旋律線に生命を与える。

ビーゴの海という特定された場所を繰り返すことによって乙女の存在の臨在感が訴えられる。この乙女がトルバドゥールたちの愛の歌に登場する女性たちと異なるのは、未婚であり、年も若い、そして貴族ではなさそうである、庶民の娘が恋する人に再会する望みを強く持ち、幸せな愛の成就を求め、今ここに恋人がいないことに身を焦がして苦しむ。普遍的な恋愛感情を極めて率直に歌う。

3．各曲について

Ｉ番では全体のプロローグのように、恋人の不在の悲しみをわずかの言葉とわずかの音で歌う。ここですぐに歌い出されるVigoという核心の言葉にリガトゥーラと言われる連結音符が用いられるが、連結音符としては最多の9個の音符が連結して使われている。これはメリスマに富んだ多くの旋律が背後にあることを感じさせると同時に「ビーゴの海で」という地名への深

2　宮廷風の愛。成就しない既婚の貴婦人への一方的な愛を捧げるもの

い拘りがあったことも想わせる。すなわち架空ではなく実際にビーゴで恋人を待っていた親しい者の存在、あるいは書き手そのものとビーゴとのつながり、13世紀に生きた生身の、ある若者の実話が背景にあったのではないだろうか。

II番ではトルバドゥールにはないキーワードが出てくる。「母」という存在。「知らせを受け取りました、恋人は到着します。お母さん、私はビーゴに行きます」。繰り返し6回、「お母さん」という語が発せられる。うら若い乙女、まだ恋もろくに経験しない乙女が心のうちを母親にうちあける民謡はヨーロッパではめずらしいことではない。「貴婦人」「既婚夫人」ではなく母親のケアがまだ必要な年齢であることを思わせる。旋律は他の曲すべては発唱部がゆるやかな上行型で始まるのに対しこの曲だけは唯一下降音型で始まる。そして写本の形状を見るとほとんどすべてがリガトゥーラでできている。アングレスがligaturae binariae, ternariae, quateriaeと名づけた形状のすべてが見られる[3]。これはグレゴリオ聖歌のネウマを角型記譜法化した形におけるリガトゥーラと区別しなければならない。グレゴリオ聖歌のようなまったくの自由リズムではなく、しかしモーダルリズム[4]の解釈で解読することも不可能ではあるが、ある種

3　Higinio Anglés, " The musical notation and rhythm of the Italian lauda", *Essays in musicology*, 1968. ここで彼は同時代のイタリア・ラウダの記譜法解読についてはスペインの記譜の手がかり無しにはありえないことを力説し、カンティーガの記譜について述べる。上記の語は2連の連結、3連、4連の音の連結のことを指す。

4　理論上6つのリズム定型の不特定の繰り返しによって旋律を形成していく方法が初期多声音楽の発達期に考案された。

の定量的記譜法への過渡期を示すものと解釈される。つまりここには音の塊であらわされたある種の躍動があるのである。それはやはりこの曲の内容に一致し、恋人からの手紙が届いたという決定的な喜びを表すものにほかならないと私は考える。

そしてⅢ番では「妹」が登場する。すべてはモノローグであるから実際に登場するのではなく彼女の口にirmana「妹よ」、という言葉がのぼるのである。「妹よ、一緒に参りましょう」。一人で出かけるのが心細いかのようである。Ⅲ番では、妹を誘い、そして「お母さま、私の愛しい人は戻ります」、と母と妹の二者が背後にいる設定になっている。家庭内で家族の愛情のなかで無垢のまま育った若い乙女が勇気をふるって試練に向おうとしている。すでに恋人は戻らない可能性も示唆されている。「そこは荒れ狂った海。そして浪を眺めましょう」とある。ビーゴに行ってもあるのは荒れ狂った浪という不吉なものだけかもしれない予感がすでにある。Ⅲ番は写本に大きく欠損があり、完全な旋律の復元は不可能である。そして最終行には他の曲にはない旋律の躍動が2つの連結音符の連続によってあらわされ、特異な効果を生んでいるが、その最後のカデンツにあたるフレーズも不鮮明で読み取ることはできない。

Ⅳ番では、母も妹もいない。単身でビーゴに来た彼女は一人ぼっちで神にのみ呼びかけ助けを求める。恋人の不在中、他に心を移すことはしない。彼だけを想い、私は彼だけのものであり、孤独で、誰も私のところには一緒にいない（妹さえも）。そして乙女はついに涙を流す。旋律はすべて順次進行で音域は4度。狭い音域を細かく音が行きかう。記譜は『カンティーガス・デ・サンタ・マリア』に似て、ここにもある種の定量的な解釈の可能性がみとめられる。

Ⅴ番は、ビーゴで孤独な彼女が、「いかに彼を愛しているか知る人はビーゴに来てください」と同伴者を求める。amigoという語、そしてVigoという語に同じリガトゥーラの下降の形状を用いている。「そして波間で戯れましょう」というリフレインに乙女の狂気が隠されている。

Ⅵ番には旋律が欠落している。なぜ、旋律が記されていないのか謎である。ここにはもはや恋人を待つ希望は失せ、「決していない」(他の地にいるのかもしれないが)「ビーゴには決していない」という否定の感情と共に、「美しい体が踊っていた」といわれ、また「私には愛があります」というリフレインがある。ここに不在な者を愛している強い感情と、踊らずにはいられない衝動が深くイベリア的な感受性を感じさせる。どのような場合であれ感情が高揚すると体が踊りだすイベリア人の魂を感じるのだ。乙女の魂の形で、無形の舞踏がなされる。旋律はないが全体のなかのひとつのクライマクスを形成しているだろう。

Ⅶ番は楽譜の上から見て、後からの付け加えかと思われる。それまでは同一の手によって書かれているが、ここだけ相違が見られるからだ。譜線の間隔が他と違って広いこと。また冒頭の頭文字が抜け、他の筆写に比べて注意深さが足りないか、急いで筆者したものと推察される。なおかつ詩文も短い。そして特徴的なことはEの音から開始されるので開始音より2番目の音との間に半音関係が生じ、不安感をかもし出す。教会旋法で言えば第3旋法にあたる発唱部を持つのだが音域はE—Bbまでの間の狭い間隔で旋律線を順次進行した後、最後の行のリフレイン部分では開始音より3度低いCがある。つまり7度という広いテッシトゥーラを持つことになる。実はⅢ番も狭い音域で動きながら最後に低い音を登場させて結局は7度のテッシトゥーラを持つ旋律になっている。写本を見ると、最後のamigo sen minに付された旋律はすべてリガトゥーラで記されBbからいっきにCまで深く下降する音型は、まさに乙女の底深い絶望の心を視覚化したものではないだろうか。人間の素朴な感情を音によって表現した中世の叙情歌曲の原点を見る思いがする。

4．演奏解釈について

同じ曲の写本伝承がないため、この一葉のビンデル写本のみを手がかりとして、この歌を再現しなければならない。手書きの写本に記譜ミスはつきものである。そういったものを見分け、様式にかなった、しかしオリジナルの形を尊重しつつ楽譜を起こしていく作業が必要である。この類の写本によく起こりうるのはクレフ（音部記号）とクストス（次の段の最初の音を示す記号）の齟齬の問題だが、この写本の場合クストスがない。クレフの位置はずれるが音域も狭く、クレフ自体に問題はないと判断し、譜面上のクレフにしたがって音を採った。楽譜が破損している部分は、前後の音列との齟齬がないように補塡するしかないのだがこれは絶対的なものではないので、校訂者の一時的な判断ということになる。記譜される前にまず歌があり、歌とは創られるためにあるのではなく、歌われるためにある。狭い音域で最小単位のフィギュレーションで言葉を紡いでいくこのアミーゴの歌は、乙女の生命に深くつながっている。器楽の伴奏があったであろうということを前提にして、私達の演奏にも器楽がつくが、当然ながら写本には器楽のパートがなく歌の旋律があるのみなので、中世の楽人がそうであったように即興的に器楽パートを加えていかなければならない。しかし近代音楽のように和声が旋律を支え、和声自体も発展性をもって進んでいくという様式ではないので伴奏付けは和声付けではない。和声的発展を拒否する音楽なのである。発展しない伴奏。すなわち不動の音を鳴らし続けるドローン（持続低音）を基本とするフィーデル、歌の旋律を敷衍し、変奏していく旋律楽器のリコーダー、またスペイン人の内奥に秘めたリズムの躍動を表わすための打楽器、この編成で演奏を試みる。そして、演奏法の手がかりになるヒントはすべてこのテキストのなかに求めなければならない。

杉本ゆり

おわりに

ビンデル写本を読むために

ビンデル写本を読むために、その言語的特徴を記しておきたい。

省略記号［C.=Cantiga, PV= ビンデル写本, B= リスボン国立図書館歌集本, V= バチカン歌集本, ~ ティルド記号］

1．文字について

・写本の翻字。句読点もなくアクセント符号もない。音の省略はアポストロフィで示している。例: sabora= sab'ora, mandadei= mandad'ei. 省略は頻繁に現れる: de9=Deus, q̄=que, g̈n=gran, chorã=choran, ñ=non, nũca=nunca.

・硬口蓋子音の文字表記は、〈ll〉, 〈nn〉 である。例：nullas（C. I), ollos（C. II), manno（C. IV), senneira（C. IV), bannar（C. V). 1280年頃になると〈lh〉, 〈nh〉 となる。現代ガリシア語では、nn は ñ の表記。

・母音、半母音の〈i〉の音価は/i/。しかし、B/V では〈i〉と〈y〉のあいだに変化がある。例: coidado（PV, C. I）→cuydado（B/V), ei（PV, C. I）→ey（B/V), irei（PV, C. II）→hirey（B/V), uiuo（PV, C. II）→vyuo（B/V), ireides（PV, C. V）→ireydes（B/V). その逆がある例: ygreja（PV, C. III）→igreia（B/V), y（PV, C. III）→hi（B/V).

揺れがある場合、例: yrmana（PV, C. III）→irmana（B/V),

baylaua（PV, C. VI）→bailaua（B/V), hy / hi（B, C.III）の揺れがあるが、hy（V）のように一貫している場合もある。

・PVは反語源的で〈h〉の使用がない。それに対してB/Vは〈h〉がある場合の例：hirei（C.III), hu（C.V), hy（C.III), hi（C.III).

・PVは鼻音を表すためにティルド記号の使用は少ない：chorã（C.IV), それに対してB/Vでは頻繁に使用される：grã（C.I), nũca（C.VI).

・PV, Vでは文字〈v〉の使用はない。例：uigo（C.I), uiuo（C.V), uin ueer（C.VI). しかしBは散発的に使用されている：vyuo（C.II), vigo（C.IV), vin ver（C.VI).

2．発音について

中世ガリシア語と現代ガリシア語には若干の相違がある。その点を注意すると、次の点があげられる。

・ティルド記号が上部に付いた母音ãは鼻音化する。例：irmãa, são（B/V).

・母音が2つ連続する時は長く伸ばす。二音節とする。例：veer.

・j は、現代語のx/ʃ/のように発音できるが、実際の音はポルトガル語、フランス語、現代英語の文字と同じように発音する。例：igreja, hoje, hajades. 中世ガリシア語にもxの文字があったが、これは今日のガリシア語と同じように/ʃ/と発音する。例：dixe, leixedes.

・ssが2つ連続する合字は、1つのsと同じでよい。しかし、中世語ではそれぞれ区別する。無声のs: esse, assi. 有声のs: pesar, quisera, aguisar, desde.

・文字c, ç, zは注意が必要である。c, çは/ts/: cedo, cercaron,

oraçon. zは/ds/:razon.

・文字b,vは中世語では異なる。例: bailava, bo.

・Quantasはcantasまたはcuantasと発音する。Quandoはcandoまたはcuandoと発音する。

3．音声面における顕著な事実

・二重母音〈oi〉については、PVはcoidadoであるのに対してB/Vでは〈uy〉cuidado（C.I）である。

・〈ga〉と〈gua〉について、PVはgardas（C.IV), B/Vは二重母音を維持してguardasである。

・母音間の-n-の脱落は、母音との接触によって鼻音的特徴を現す。

その例はsano（PV, C.II）で、異形態são〈(sanu)（B/V, C.II）には語尾-o脱落の形態sãがある。類似した例にirmana（PV, C.V）はirmãa（B/V, C.V）にように現れる。母音間の文字-n-は、ティルド記号により単純に表現される。つまり、先行する母音を鼻音として表す形式である。保存された-n-はアルカイックな形態の反映ではない。

4．文法面における特徴

・定冠詞lo, laについては、PVはB/Vよりアルカイックな特徴を示している。例: ala igreja（PV, C.I), alo mar（PV, C.V）である。Miraremos las ondas（PV, C.III)。次はlo, oが揺れている例: a lo mar（PV, C.V）/ ao mar（V, C.V)。前置詞＋定冠詞alo〉aoになったのは、14世紀中頃からポルトガルにおいて歌集編纂者がテキストの言語を近代化するため図ったと考えられる。一方 miraremo.las ondas（PV, C.III), ueeremo.lo meu amigo（PV, C.V）の例は、直説法未来形の動詞活用語尾 mos の -s で終わる動詞形態＋定冠詞男性単数形 o が接触した場合、[l] に同化され lo になった。これは現代ガリシア語において Ti contas o caso 〉 Ti cónta-lo caso（お前、考えてみな）にみられる現象と同じである。

・所有詞１人称女性形の異形態: mĩa, mía, miá のようであるが、最初の ĩ は鼻母音化の現象である。mĩa / mĩ（B/V, C.III）は保存される鼻母音を示し、ティルド記号が現れる。この現象は語末で内破鼻子音をあらわすため散発的に使われる。例: nõ（B/V, C.IV), chorã（PV, C.IV), sẽ（C.VII)。否定の副詞にも ñ（PV, C.IV）のように省略して現れる。

・人称代名詞

１人称目的格の異形態: me, m', mi, min

３人称目的格の異形態: xe, x', xi

未来形の動詞の場合は活用語尾の前に代名詞を置く: veer.me.edes（現代語は verédesme), bañar.nos.emos（現代語は bañarémonos）

・前置詞を伴う代名詞: migo, comigo, tigo, sigo, consigo, nosco, connosco（C. IV）

・場所の副詞　i ここ，そこ: verrá i, non hei i barqueiro.

　　　　　　　én そこから: ¡que triste me én partí!

・場所の関係代名詞　u: En San Mamede, u sabedes...

５．語彙

Amigo　恋人、愛する人。Amado と同意語。

Haver　古語は aver.　持つ、所有する。

Ca　接続詞　que, de que ～とのこと。

Comigo　私と共に、conmigoと同じ。

Coidado　心配。Cuita, cuidadoに同じ。

Delgado　体がほっそりした、すらっとした。

Eno　前置詞en＋定冠詞loの収縮形。～にて。

Ergas　～を除いて。

Garda　同伴者、監視者。母が娘を守るために伴う。

Grado（de）　喜んで、心から。

I　そこに、そこで。

Irmana　妹。一般的に友、仲間。

Levado　波立つ、高潮。

Mandado　伝言、メッセージ。

Maño　動詞maerの直説法現在一人称単数形、～にいる。

Mia　私、miñaの代わりに使用。

Migo　私と共に、conmigoに同じ。

Nullas　だれ一人もいない。

Ora　今、今すぐ。

Quantas　どれだけの。ガリシア語はcantas. この語形は現代カスティーリャ語のcuantasに近い響きをもつ。

Que　関係代名詞。Cantiga I, 8行目、11行目はquenに同意。

Sagrado　神聖な場所、隠修道。マルティン・コダックスの歌詞では広く教会の中庭の意味、お祭りや踊りが催される。

Salido　波立つ。Levadoと同意語。

Se　接続詞 もし～ならば。

Seńeira　一人で、ひとりぼっちの。正しくはSenlleira.

Treides　動詞traerまたはtraguerの直説法現在二人称複数形。
　～に行く。この詩の場合、命令の意味を持ち、私と共に来
　なさい、の意味がある。
U　場所の関係代名詞、～する［場所］

6．動詞

・haver 持つ、存在する : amor hei!（PV, C.VI）
・seer（se）～ある、～にいる。未完了形sedía / seía, 完了形 fui / foi.
・estar 立っている。
・traer / treer 伴う、持ってくる : nullas gardas migo non trago（現代語traio）（PV, C.IV）, treídes comigo（現代語vinde canda min）（PV, C.V）.
・vĩirの直説法未来形, verrá（PV, C.I）来るだろう。

このように、ビンデル写本の写字生は比較的保守的ではあるが、一貫性と統一性はないと判断できる。

参考書目

Álvarez Blázquez, J. M. (1962): *Martín Codax*. Vigo.

Asaka, T. (1998):"Mendiño", *A Cantiga e Mendiño en 28 linguas*. X. Alonso Montero (ed.), Xunta de Galicia. pp.95-96.

Asaka, T. (2010):"Martín Codax ao xaponés", *As sete cantigas de Martín Codax en dez idiomas*. Concello de Vigo.pp.90-97.

浅香武和 (2011):「中世ガリシア文学」『ガリシアを知るための50章』明石書店。pp.202-206.

浅香武和 (2013):「ガリシアの吟遊詩人を訪ねる旅」『津田塾大学国際関係研究所報』第48号。pp.9-22.

Ferreira, M. P. (1986): *O Som de Martin Codax*. Lisboa.

Filgueira Valverde, X. (1992): *Estudios sobre lírica medieval*. Galaxia, Vigo.

Flores, Camilo (1997): *Martín Codax*. Galaxia, Vigo.

Freixanes, V. F. et al. (1998): *Johán de Cangas, Martín Codax, Meendinho 1200 Lírica Medieval 1350*. Xerais, Vigo.

González Pérez, C. (1998): *Meendiño, Martín Codax, Xoán de Cangas*. Toxo Souto, Noia.

Instituto da Lingua Galega: *Dicionario de dicionarios do galego medieval*. Ed.dixital.

Méndez Ferrín, X. (2000): *A Poesía medieval galega vista desde os relanzos derradeiros do século XX*. Real Academia Galega, A Coruña.

Monteagudo, H. / Pozo Garza, L. / Alonso Montero, X. (1998): *Tres poetas medievais da Ría de Vigo*. Galaxia, Vigo.

Monteagudo, Henrique (1998): *O son das ondas*. Galaxia, Vigo.

Oviedo y Arce, Eladio (1916-1917): "El Genuino 'Martín Codax', Trovador galego del siglo XIII", *Boletín da Real Academia Galega*, núm. 109, 111, 112, 113, 114, 117.

Queixas Zas, M. (1998): *Os trobadores do Reino de Galiza*. A Nosa Terra,Vigo, 4ª ed.

杉本ゆり (2011):「中世ガリシア文化における音楽の遺産」『ガリシアを知るための50章』明石書店。pp.119-123.

Tavani, G. et Lanciani, G. (org.) (2000): *Dicionário da literatura medieval galega e portuguesa*. 2ª ed. Caminho, Lisboa.

Tavani, G. (1986): *A poesía lírica galego-portuguesa*. Galaxia, Vigo.

Tavani, G. (2002): *Trovadores e jograis*. Caminho, Lisboa.

【演奏者プロフィール】

岩附智之（打楽器）：国立音楽大学卒業。卒業時に矢田部賞受賞。第76回読売新聞主催新人演奏会、第20回日本打楽器協会新人演奏会出演。竹楽器演奏集団「東京楽竹団」設立に参加し、国内外で公演、ワークショップを行う。これまでに打楽器を、佐藤英彦、百瀬和紀、新谷祥子、上野信一の各氏に師事。洗足学園音楽大学附属打楽器研究所研究員。

鏑木綾（ソプラノ）：国立音楽大学声楽科を卒業。東京藝術大学大学院古楽科バロック声楽専攻修士課程修了。中世・ルネサンス・バロック音楽のアンサンブルを中心に「ヴォーカル・アンサンブル・カペラ」「コントラポント」「レックス・クレメンティエ」等で活動中。

須藤みぎわ（リコーダー）
桐朋学園大学古楽器科、同研究科卒業。リコーダーを花岡和生氏に師事。現在はアンサンブル中心に演奏活動を行う。語り・芝居・音楽ユニット「からし種シアター」メンバー。和泉短期大学非常勤講師。

坪田一子（フィーデル）：国立音楽大学楽理学科卒業。在学中よりヴィオラ・ダ・ガンバを神戸愉樹美氏に師事。卒業後、コンソートおよびアンサンブルの通奏低音奏者として演奏活動を続け、上野学園中学校・高等学校で古楽アンサンブルの授業を担当。「ザ・ロイヤル・コンソート」メンバー。

杉本ゆり（監修）：武蔵野音楽大学音楽学学科卒業。中世・ルネサンス音楽史専攻。日本音楽学会会員。近著に「アビラの人ビクトリア」。中世音楽関連論文多数。

【添付CD収録曲】

As sete cantigas de amigo, Martín Codax

Ⅰ Ondas do mar de Vigo

Ⅱ Mandado hei comigo

Ⅲ Mía irmana fremosa

Ⅳ Ai Deus, se sabe ora o meu amigo

Ⅴ Cuantas sabedes amar amigo

Ⅵ Eno sagrado, en Vigo

Ⅶ Ai ondas que eu vin veer

校訂版によるガリシア語で歌唱

【収録場所】

東京四谷サンパウロ宣教センター　2014.3.5

サウンドエンジニア：運野貢

レーベルデザイン：奥定泰之

編著者略歴

浅香武和（あさか・たけかず） take_xapones@msn.com

東京都出身。現在、津田塾大学スペイン語講師、サンティアゴ・デ・コンポステーラ大学ガリシア語研究所員、日本学術振興会研究員（聖心女子大学）、スペイン文部科学スポーツ省HISPANEX研究員。レアル・アカデミア・ガレーガ学術委員。ラモーン・カバニージャス文学功労賞受賞（2014）。著書に『現代ガリシア語文法』、『ガリシア語会話練習帳』、『ガリシア語基礎語彙集』の三部作（大学書林）。『スペイン語事始』（同学社）。『ガリシア心の歌・ラモーン・カバニージャスを歌う＋CD』（論創社）。編著『スペインとポルトガルのことば』（同学社）。『ガリシアを知るための50章』（明石書店）。編訳にロサリーア・デ・カストロ『ガリシアのうた＋CD』（DTP出版）、ロサリーア・デ・カストロ『わが故郷の昔話』。他

Takekazu Asaka

Lingüista nado en Toquio (Xapón) en 1952. Dende 1988 exerce como docente de Filoloxía Románica na Universidade Tsudajuku de Toquio. En 1977 descobre a existencia da lingua galega a través das páxinas do semanario A NOSA TERRA. A relación epistolar con figuras da cultura galega, xunto co coñecemento desta literatura, axudárono a indagar na personalidade sociocultural de Galicia.

吟遊詩人マルティン・コダックス――7つのカンティーガス
XOGRAR MARTIN CODAX

2015年8月1日　初版第1刷印刷
2015年8月10日　初版第1刷発行

編著者　浅香武和
発行者　森下紀夫
発行所　論創社
東京都千代田区神田神保町2-23　北井ビル
tel. 03 (3264) 5254　fax. 03 (3264) 5232
振替口座 00160-1-155266
http://www.ronso.co.jp/
装　幀　奥定泰之
印刷・製本　中央精版印刷

ISBN978-4-8460-1431-5